Lm³ 796
AF590130

NOTICES

SUR

La Maison ROTHSCHILD,

AVEC LA

BIOGRAPHIE

DE

Chacun de ses Membres,

PAR

Léon Van Géenen.

PARIS,

A LA LIBRAIRIE FRANÇAISE ET ÉTRANGÈRE,

RUE VIVIENNE, N°. 16;

ET CHEZ HENRI FERET, LIBRAIRE,

PLACE DU PALAIS-ROYAL, GALERIE DE NEMOURS, N°. 25.

Décembre 1831.

NOTICES

SUR LA

MAISON ROTHSCHILD,

AVEC

La Biographie

De chacun de ses Membres.

Il est en Europe une maison qui, par une appréciation judicieuse de voies qu'il était donné à tout le monde de suivre, par un génie d'entreprise bien entendu, par une connaissance profonde des hommes et des choses, par un esprit de suite, une exactitude, et surtout par une grande probité, et de la modération dans les gains résultant d'immenses affaires, s'est élevée d'une sphère inférieure à un degré de grandeur, de prospérité et d'importance sans exemple.

LA MAISON ROTHSCHILD!

D'après des données certaines, on pourrait affirmer que les diverses branches de cette maison (les cinq frères) possèdent, en communauté, la fortune immense de 140 millions de francs, et peuvent, par leur crédit et leurs relations, disposer de plus de 300 millions.

Voici comment s'expliquent l'existence, l'accroissement successif et l'importance politique et commerciale de cette maison colossale, avec la biographie de chacun de ses membres :

Le patriarche et fondateur, Mayer-Anselme Rothschild, père des cinq frères actuellement existans, est né à Francfort-sur-le-Mein, en 1743; il n'avait que onze ans, lorsqu'il perdit ses parens. Sans fortune, il fut, ainsi que les Israëlites pauvres, dont tel est encore maintenant le sort en Allemagne, destiné à l'enseignement, qu'il quitta, au bout de quelques années, pour commencer, par instinct, un petit commerce.

Le goût dominant des grands et des gens riches pour les collections de médailles ouvrait, à cette époque à un homme intelligent, une source abondante de gains. Il abandonna alors son premier commerce, et s'occupa exclusivement de la numismatique, ce qui le mit à même de faire des connaissances distinguées qui lui furent d'une grande utilité dans la suite, et contribuèrent à lui procurer une existence convenable.

S'exerçant en même temps dans les sciences de comptoir et du change, il se fit une grande réputation dans une maison de banque de Hanôvre, où il travailla plusieurs années et acquit, par son assiduité et son économie, un petit capital.

Il revint à Francfort, s'y maria et fonda la

maison qui existe encore aujourd'hui. En peu de temps, son activité, ses connaissances et sa probité lui méritèrent un crédit et une confiance toujours plus étendus ; son cercle d'opérations prit un accroissement notable lorsque le landgrave de Hesse, qui, à l'occasion d'un achat de médailles, avait déjà eu lieu de reconnaître en lui de l'intelligence et de la probité, le nomma, en 1801, agent de sa cour. Ce fut en cette qualité, qu'il rendit des services importans au successeur de ce prince, notamment lorsqu'il dut, en 1806, se retirer à l'approche de l'armée française, n'emportant avec lui que quelques sommes en or qu'il put réaliser au moment même, et auxquelles se trouvait réduite toute sa fortune. Dans cette circonstance, Rothschild parvint par son courage et son habileté, à en sauver la plus grande partie, quoique ce ne fût point sans danger pour lui : il l'administra ensuite consciencieusement pour le compte du prince.

Ce fut vers cette époque que les affaires financières de la maison Rothschild commencèrent à prendre le plus grand développement, à l'occasion de l'emprunt de 10 millions de florins que conclut avec elle la cour de Danemarck.

En 1812, Rothschild père fut enlevé à sa famille. Prévoyant sa fin prochaine, il fit appeler à son lit de mort ses dix enfans, leur donna sa bénédiction, et leur fit promettre de ne jamais changer de religion, de toujours rester unis entre eux. Jamais vœu paternel ne fut plus religieusement observé. C'est un trait particulier caractéristique de cette famille, que tous les membres qui la composent, lorsqu'ils ont à prendre une décision sur une affaire d'importance, invoquent l'ombre de leur père, dont ils ne prononcent jamais le nom sans vénération, et sans se rappeler, dans leurs entretiens, les sages conseils de son expérience.

En 1813, commencèrent ces rapports politiques qui, après une suite non interrompue des plus grandes opérations financières, ont assigné à la maison Rothschild le rang élevé qu'elle occupe aujourd'hui dans le monde commercial.

Il serait assez embarrassant, pour ne pas dire impossible, de la suivre pas à pas dans chacune de ses opérations ; nous nous contenterons de jeter sur leur ensemble un coup-d'œil général. Il est à remarquer que, dans l'espace de quinze ans, il s'est négocié, par l'entremise de cette maison, soit en emprunts, soit en paiemens de subsides, plus de DEUX MILLIARDS QUATRE CENTS MILLIONS de francs pour le compte de différens souverains de l'Europe.

Voici la répartition approximative de toutes ces valeurs : un milliard pour l'Angleterre, 240 millions pour l'Autriche, 200 pour la Prusse, 400 pour la France, 240 pour Naples, 160 pour la Russie, 60 pour le Brésil et 40 pour plusieurs petites cours de l'Allemagne, sans compter ni les indemnités de guerre, imposées à la France, qui s'élèvent à plusieurs centaines de millions, et qui ont été payées aux puissances alliées, ni les autres opérations financières dont MM. de Rothschild ont été chargés momentanément par plusieurs gouvernemens, et dont le montant dépasse de beaucoup la somme précitée, ni même les divers emprunts dont ils se sont chargés postérieurement en France, et qui tous ont produit de grands bénéfices.

La question de savoir comment la maison Rothschild a pu, en si peu de temps, entreprendre et exécuter toutes ces opérations, a sans doute occupé la tête des capitalistes et des hommes politiques.

Quiconque, sans s'arrêter à des causes purement fortuites, aura assez de pénétration pour concevoir que dans toutes les grandes affaires le résultat ne dépend pas seulement du choix et de l'emploi des momens les plus favorables, mais principalement de l'usage continuel de quelques maximes fondamentales, une fois adoptées : celui-là, disons-nous, comprendra facilement que cette maison met en pratique deux principes qu'elle n'a jamais perdus de vue, et qui, fortifiés par la direction prudente qu'elle donne à ses affaires, et par des conjonctures favorables, ont contribué en grande partie à l'état florissant dont elle jouit maintenant.

Le premier des principes qui ont dirigé les cinq frères était de faire toutes leurs affaires en communauté non interrompue : c'était la pierre philosophale que leur père expirant leur avait transmise. Depuis sa mort, chaque proposition, de quelque part qu'elle vînt, a été le sujet de délibérations mutuelles. Chaque opération, si peu importante qu'elle fût, a été conduite d'après un plan concerté en commun ; ils la poussaient de tous leurs efforts réunis et combinés : aussi la part au succès a toujours été égale.

Quoique, depuis plusieurs années, ils soient, par leurs domiciles respectifs, éloignés les uns des autres, cette circonstance n'a point cependant pu nuire à leur bon accord, et leur a donné au contraire l'avantage d'être parfaitement au courant de la situation des places principales de l'Europe, par un échange continuel de courriers qui précèdent souvent ceux des gouvernemens ; car chacun, du point où il est placé, a beaucoup plus de facilité pour préparer et négocier des affaires pour la maison centrale.

La seconde règle qu'ils se sont imposée c'est de ne jamais viser dans une entreprise à faire des gains exagérés, de rester pour toutes leurs opérations dans les limites qu'ils se sont d'abord tracées. Gagner modérément, mais sur des masses et souvent, ne jamais refuser des bénéfices: telle était la devise du père.

Les services de MM. de Rothschild ont été récompensés publiquement par nombre de cours. Outre plusieurs décorations qu'on leur a accordées, les cinq frères ensemble ont été nommés, en 1813, par le roi de Prusse, membres du conseil privé du commerce; en 1815, membres du conseil des finances de la cour de Hesse, et conseillers particuliers des finances par le grand-duc actuellement régnant.

L'empereur d'Autriche leur a envoyé, en

1815, dès lettres de noblesse, et en 1822, le titre de barons en Autriche. En outre, celui des cinq frères qui est établi à Londres y a été nommé consul; puis, deux ans après, consul-général. De même qu'en 1822, celui qui est à la tête de la maison de Paris y a été nommé aux mêmes fonctions, et depuis membre de la Légion-d'Honneur.

Les frères **ROTHSCHILD** sont établis actuellement dans les villes suivantes :

AMSCHEL ou **ANSELME**, l'aîné des cinq, né le 12 juin 1773, demeure, comme chef de la famille, à Francfort-sur-le-Mein, où se dresse l'inventaire général d'après les inventaires particuliers envoyés par les quatre autres maisons, et où les grandes réunions des cinq frères ont ordinairement lieu.

SALOMON, le second frère, né le 9 septembre 1774, s'est partagé depuis 1816 entre Berlin et Vienne. C'est cependant cette dernière ville qu'il habite la plupart du temps.

NATHAN, le troisième frère, né le 16 septembre 1777, est un homme qui, par sa grande perspicacité, son habitude des affaires et par d'importans services, a su mériter la confiance des premiers hommes d'état de l'Angleterre. Il demeure à Londres depuis 1798.

CHARLES, le quatrième frère, né le 24 avril 1788, est établi à Naples depuis 1821.

JACOB, le plus jeune des cinq, est né le 15 mai 1792. Marié avec la fille de son second frère, il demeure à Paris depuis 1812.

BIBLIOTHÈQUE ROYALE

Imprimerie de Pihan Delaforest (Morinval), Rue des Bons-Enfans, N°. 34.

www.ingramcontent.com/pod-product-compliance
Ingram Content Group UK Ltd.
Pitfield, Milton Keynes, MK11 3LW, UK
UKHW012135240726
13965UKWH00005B/2188